濃厚な虹を跨ぐ

巻上公一

詩集

左右社

濃厚な虹を跨ぐ

巻上公一

詩集

左右社

濃厚な虹を跨ぐ　目次

濃厚な虹を跨ぐ

キリンという名のカフェ

キリンの舌は黒い
キリンの首は長い

キリンのような夜に
黄色いまだらの夢

どうして私を見る
私はキリンじゃない

スフィンクスの謎に今夜も眠れない

キリンという名のカフェ
キリンも人もいない
スフィンクスの謎に
今夜も眠れない

四本足の朝
二本足の昼
三本足の夜

スフィンクスの謎
に

今夜も眠れな
い
スフィンクスの謎
に
今夜も眠れ
ない
謎に
今夜も

註　そのコード進行はCとAとFとEの循環で

なのかどうか

錯乱
このメモリーは
合言葉
たくわえるばかり

なのかどうか
どうかしたか

絢爛

そのゴージャスは
屍を
飛び越えるスキル

なのかどうか
どうかしたか

万感
あのメロディーは
ひそやかに
くりかえす仕組み

なのかどうか

どうかしたか

なのかどうか
どうかしたか

いい質問ですね

ためいきの先に
答えがこぼれている
知ることの先に
未来が怖けている
瞳で操作ができるんだよ
電子が恋愛してるんだよ
　このあとはどうなるの？
いい質問ですね
いまのは何語？

太陽に近づきすぎたイカロス
飛翔する翼で迷宮を抜け

あいさつの先に
人間を失いかけ
超越の瞬間は
誰もが気がつかない
空気で充電できるんだよ
細胞が通信してるんだよ
　このあとはどうなるの?
いい質問ですね
いまのは何語?

百兆の極端に遅い結合《シナプス》
人間と機械の統合の瞬間《とき》

満足の先に
時間がいじけている
見ることの先に
歴史が弾かれている
記憶に魔法をかけるんだよ
思考が振動してるんだよ
この夢は誰のもの
いい質問ですね
いまのは何語？
人類が人類を超える時に

消滅する感情
生誕する意識

いい質問ですね
いい質問ですね

デジタルなフランケン

四角い液晶の
その声のすべてを変換する
デジタルなフランケン

わたしのOSの
その島の頭がふくれている
さんざめくそのからだ

四角い液晶の

その声のすべてを変換する
デジタルなフランケン

ネットを泳いでいる
その海の形が迷っている
クリックで溺れてく

歌おうデジタルを
この歌はあぶくでできている
めくるめくまとはずれ

筆を振れ、彼方くん

口口口口口に口にあり
手に手に手に手に手に手にあり
足足足足足に足にあるある
雰囲気という麻薬が

筆筆筆筆筆を筆を振れ
目に目に目に目に目に目に触れ
雨雨雨雨雨よ雨よ降れ降れ
そんなからだを巻き込んで

石石石石に石になり
毛に毛に毛に毛に毛になり
虫虫虫虫に虫になるなる
天然由来の白日夢

泡泡泡泡泡を泡を吹き
無知無知無知無知無知無に触れ
凪凪凪凪凪よ凪よ吹け吹け
どんでん返しが腑に落ちない

透明すぎるよ

火のような心で
血のような約束
しずかにみをひそめ
出会いをまちのぞむ

きみは誰なんだ
透明すぎるよ
きみは誰なんだ
透明すぎるよ

間の抜けた挑発
気の抜けた判断
相次ぐ不祥事に
リングを降りたのか

きみは誰なんだ
透明すぎるよ
きみは誰なんだ
透明すぎるよ

暗黙の知識

とこしえの沈黙
愚かに垂れ下がり
恥辱にまみれている

きみは誰なんだ
透明すぎるよ
きみは誰なんだ
透明すぎるよ

マスク

にやっとしたら
歯茎から血が出た
マスク　マスクをつけて
人目に付かぬようにして
これで安心

ほんのちょっとの間に
ぼろがでてしまう
クシャミ　クシャミをしたら

人目についてしまうから
それは危険

ぴたっとしたら
誰かさんか知られぬ
マスク　マスクをつけて
横目で歩まぬようにして
これで安心

イロハ模様

イロハモミジ
くるくると
自然のヘリコプターは
ただ舞い降りる

アンモナイト
ツルツルと
古代のナビゲーターは
その時のまま

すべてが移ろい
およそも確信もなく
尊敬も醸造もされない
ぼくは単なる模様

そんでもって
粛々と
寡黙なアナウンサーは
こちら見つめる

すべてが移ろい
およそも確信もなく

尊敬も醸造もされない
ぼくは単なる模様

曖昧な構成

曖昧には程がない
だからまだ黙っている
ここにいるのに旅してる

錯乱にはキリがない
憎くはない
焦っている

ここにないもの探している

常識など粋じゃない
こころはほら光っている
ここにいるから歌ってる

玄関世界

げんかんからはいってください
あたまにきをつけてー
せまいですから
ようこそ
こんなふうになってます
さ
もっとさきまで
そこやわらかいです
あ　いた

がまんします
なんかでてますねー
まあ
あしたになれば
なんとかかんとか
はあ
げんかんからはいってください
あたまにきをつけてー
そうです
それでいいんです
あふ
ふんじゃった
にもにもらもおふん

まままままままま
いばらばらば
どどび
とりはだがたっている
やさしさがすわっている
こだわりはないけど
せかいがはいっている
だよね　だよねねね
だよね　だよねねね
げんかんせかいだもの

新しい部族

光のせいでみえなくなる
地平線に笑う部族

世界の果てで群れをなした
夢遊病者歩き出した

ト・アイスクロン

生まれた時は　裸のままで
知らずに空気を吸う

人は自分に飽き足らなくて
手足を歪めてみる

過剰なるもの　不足なるもの

不思議に心を打つ

心の打ち身　魂の捻挫
気まぐれな　神の愛

大航海

ひとつの帆船が停泊する
テーブルの彼方は世界の果て

錨揚げマスト白く夢浮かべて
船出する男たちの艶めく腕

雲はさまざまに水は秘めやかに

名も知らぬ国の娘頬濡らして
恋心胸の奥に見送られて
いつか千年を越えて出会うはず

青い海を見つめながら
地図にない憧れを描きゆく事の
愚かさに軋む音永遠の波間に

アームチェアの旅行者は
コロンブスになりマゼランになり
パイプの紫煙を燻らせて

平らな海に物語を発見する

温暖な気候はアジアのこのあたり
東京から西へ数十キロ
乗組員は東洋人
アイスクリームを食べながら
ヨーロッパ人が見た海を感じる

暗礁に乗り上げても舵離さず
腕に鎖　骨と肉に食い込ませて

ある日死のように襲う夜でさえ

青い海を見つめながら
地図にない憧れを描きゆく事の
愚かさに軋む音永遠の波間に

ひとつの帆船が停泊する
テーブルの彼方は世界の果て

カリョービンガ

澁澤龍彦著「高丘親王航海記」に拠る

ゆらりゆられて異国の海へ
白い波頭カモメのアラベスク
夢じゃないさ　笛の音にジュゴンの涙
雲ひとつない空がエキゾチックに
大陸を駆け抜ける思いは果てもない

空に羽ばたけ
美しきかの人
カリョービンガに生まれ変わって

心惑わせるそのさえずりは
人の顔をした鳥だと言うけれど
何故か誰もその姿を見たことがない
旅すればあやしさのアナクロニズム
引き潮に浮かぶ島孤独なアブロード

空に羽ばたけ
美しきかの人
カリョービンガに生まれ変わって

めぐみあまねし
命はひとしずく

心の嵐　舟の傾き
空に羽ばたけ
美しきかの人
カリョービンガに生まれ変わって

さての温もり

雨に濡れて緑は少しずつ
はしゃぎだしてしまうけど
地面に書いたぼくの字は
ゆるゆるゆるゆると流れゆく

ふたつの瞳何を見る
君を想えばわがままに
小石を蹴ってへんなもの

行ったり来たりぼくの中
さて　さて　さて

恋はいつも些細なプライドで
壊れだしてしまうけど
迷路のような都会では
やさしさだけじゃ出会えない

心の痛み誰が知る
君を想えばわがままに
夕べのことを考える

行ったり来たりぼくの中
さて　さて　さて

逃げることで何かが変わるなら
走りだしてしまうけど
大地に下りた草の根は
約束だけを守るように
傷を癒してみちがえる

君を想えばわがままに
時間がいつか味方する

行ったり来たりぼくの中
さて　さて　さて

生きててよかったなあ

ため息が出ちゃう
魔法みたいな瞬間があるよ
どよめき
ざわめきのなかから
舞い込んで来たものは
小さな頭の中で
うごめき　乾いて
さらにささやいッて
着陸ＯＫ

もいちどいこう
もいちどいこう
もいちどいこう

なまなまなま
なまなまなま
なまなまなま
なまなまなまなまなましー
なまなまなま
なまなま
なまなましまなまなまにま
なまなましー

なまなましー
なまなましー
なまなまなましー
なまなまなまなましー
ことがら

生きててよかったなあ

挨拶以前

挨拶は抜きだ
きみに会いたい

生きている価値はあるのか
その空白は
どこからやってくるのか

お

は

よ
う

そのぐだぐだよ
そのじきじきよ

それでも運命とたたかう
そんなつもりがあるのか

さよならいってくるよ
はじまってもいないけど

なる

ほど
それは
合格と呼べる

うつろ

枝から枝へ舞う蝶が逆立ちしている花の上
うつろ
うつろ
なんだかうつろ
春悶々

大胆不敵夕立にゆきずりずぶぬれ虹を待つ
うつろ

うつろ
汗ばむ雨だ
夏悶々

夢から夢を追う人が深入りしている思い付き
うつろ
うつろ
芸術みたい
秋悶々

日差しに溶ける雪うさぎ瞳をえぐる子供たち

うつろ
うつろ
氷柱もいたい
冬悶々

静かなシャボテン

愚かなり
胸がときめく
知恵の轍に
雨がふるえる

森にゆこうか
哲学と歩こう

悲惨なり

足があわてる
未知の生物
産んでみようか

風になったら
物語吹かそう

静かなり
脳がはたらく
変なカタチの
意味がざわめく

夜になったら

シャボテンと話そう

祈りのカラー

それはちっちゃなこと
だけどおっきなこと
いまはどっちつかず　ぶらぶら

なぜかくっきりなんだ
しかもぼんやりなんだ
まるで運まかせの　いろいろ

ひかりに手をかざせば
未来の血がきらめく

それがきっかけなんて
じつはひっかけなんて
ネコがサンタルチア歌うよ

地図はあっけらかんで
日差しカンカラカンで
いずれはっきりする白黒

孤独の日々綴れば
世界の目が深まる

涙スッカラカンで
夢はツンツルテンで
果てはクンパルチータ　踊るよ

無理にずっこけたんだ
きみにぞっこんなんだ
距離はアンドロメダ　程かな

やきもちやく春風
祈りはまだ届かぬ

草雲雀

夕涼み月はまだ白く草の緑にいま姿潜め恋の歌を支度するもの

湯浴みした髪は仄香る浴衣の項この恋に揺れる草雲雀の思い知る人

滑稽なのは恋の訪れに声が掠れていざ君を前に夜が来ない夢を見ること

彷徨えば星は一筋の軌道描いて落ちてゆく恋がまぼろしでもきみは現実

草雲雀
どこへいった
消えていった

さえずり

瞳に粘土　えぐりだす
その磨かれない手触りを
センチメンタル辿る人へ
傷口リアル　生臭い
その潮の香りなみなみと
がんじがらめの在り方へ
聞こえないはずのもの

どこからともなく
きこえくる

さえずり
ほんの微かなる
さえずり
わたる

悩みに平手　やりすごす
その呆れ果てたやさしさに
いつもながらの声を聞く
聞こえないはずのもの

どこからともなく
きこえくる

さえずり
ほんの微かなる
さえずり
わたる

大らかな予感

わたぼうしの先っぽに大らかな予感が焦れったく

LA LA WHAT

事実よりもフェイク
良識よりもお金
便乗するのが戦争
自分の部屋に亡命

LA LA WHAT

暮らし向きを歌う
フォークソングの夕べ

期待はずれのメロディー
ナルシストめく反射

LA LA WHAT

理解よりもチョッカイ
美人すぎる擬態
永久凍土も溶ける
情熱的な錯覚

LA LA WHAT

残像からの実体《リアル》

神話好きのあの子
情報操作はいとも
この目を見えなくさせる
LA LA WHAT

チンピーシーとランデヴー

電子レンジがチンと呼ばれている
言っちゃいけないことがピーとなる
秘密なんだからねとシーとする
チンとピーそしてシー

チンピーシー
チンピーシー
ふてくされないさ

チンピーシーとランデヴー

珍しいものチンと呼ばれている
知っちゃいけないことがピーとなる
ちいさいほうだからねとシーとする
チンとピーそしてシー

チンピーシー
チンピーシー
めげずに生きるさ
チンピーシーとランデヴー

カチンとくることチンが入っている
駐車するとこにピーがある
ＡＢの次は当然Ｃがくる
チンとピーそしてシー

チンピーシー
チンピーシー
愉快に生きるさ
チンピーシーとランデヴー

小さな頃からチンと呼ばれている
反則ばかりをすればピーが鳴る
ＡＣＤＣエクスタシーのレガシー

チンピーシー
チンピーシー
たゆまず生きるさ
チンピーシーとランデヴー

東京辺りで幽体離脱

くちづけは禁断の味致死量の
愛に溺れたセンチメンタル
降りしきる近親憎悪洞窟の
イデアの影に惑わされたり

オー
キスキスキス

離れてキス
別れてキス
小さくキス
あくがれいずる

待ち受けはこどもの写真アナロジー
未来へ逃走妙なる自由

このうえは世界の果てのユリシーズ
東京辺りで幽体離脱

オー
キスキスキス
妖しくキス
迷ってキス
どこまでキス
あくがれいずる

ゆきどまり飛び越えていくキュービズム
炎上しているクモの糸なり

いにしえの組紐模様
肌と肌

心はそれぞれ離れ離れに

オー
キスキスキス
悩んでキス
無心でキス
遠くでキス
あくがれいずる

残念なブルース

面倒なことに
朝がやってきた
何かしなきゃいけない
なしくずし
空気にあやまることがある
寝言がみちびくこともある

ズビズビ　ズビー
ズビズビ　ズビー

残念な奴だぜ
残念ブルース

反抗の森の
地図を買ってきた
まるでパズルのような
薔薇の花
天気で通れぬ道がある
本気になれない空がある

ズビズビ　ズビー
ズビズビ　ズビー
残念な奴だぜ

残念ブルース

適当も適当
猫がやってきた
逃避するのが流行
エルドラド
人気にあやかることもある
電気でしびれることもある

ズビズビ　ズビー
ズビズビ　ズビー
残念な奴だぜ
残念ブルース

安全なとこに
隠れていたのに
とんだ尻尾が出たものだ
リテラシー
人智が及ばぬことがある
叡智が揺るがぬこともある

ズビズビ　ズビー
ズビズビ　ズビー
残念な奴だぜ
残念ブルース

夢見ているかい？

エレベーターに乗って
宇宙に行く
でも
屋上までしかボタンがなくて
壮大な映画をみたのかな

ヘリコプターに乗って
愉快になる
でも

あの娘のうちには着けないのなら
豪快な告白しようかな

ねぇきみ
さよならなのかい？

未来のクルマに乗って
世界に行く
ほら
虹から虹へとスピード上げて
国境を軽々越えていく

ねぇきみ

夢見ているかい？

ブロードバンドに乗って
知能の旅
その
人間以上は人間なのか
しあわせも行き過ぎちゃうのかな

濃厚な虹を跨ぐ

らいろらいろらいろらいろら
らいろらいろらいろらいろら
らいろらいろらいろらいろら
らいろらいろらいろらいろら
らいろらいろらいろらいろら
らいろらいろらいろらいろら
らいろらいろらいろらいろら
らいろらいろらいろらいろら
らいろらいろらいろらいろら
らいろらいろらいろらいろら
らいろらいろらいろらいろら

DADA百年祭

ダダ
逞しいはぐれ雲
想像力の
じゃじゃ馬馴らし
永遠の
未開の部族
朝ぼらけ

門外不出

Hidden Treasures

クトフ《イテリメン族の創造神》が作った半島《カムチャツカ》で会い
熊野の奥地で近況を知る
ハンダガイテ《トゥバ共和国の南》のタイガ《針葉樹林》に風
箱根の湿地《仙石原湿原》で遠雷を聴く
その苛立ちは張り子の虎
持ち出すことは決して出来ない
その跳躍はアブラカタブラ《Abracadabra》
抜け出すことは決して出来ない

イダキ《オーストラリア先住民の楽器》の響きを循環《ループ》させて
神代杉までびっしりの苔
アルハンゲリスク《白海に注ぐ北ドヴィナ川の町》　大天使《Архангельский собор》なり
鞍馬《仁王門》の麓で天命を待つ
その雑念は白日のもと
持ち出すことは決して出来ない
その郷愁《ノスタルジー》は伝統《秘密の口伝》の型
抜け出すことは決して出来ない

渾沌《カオス》が生み出す神話を齧《かじ》り
迷子の言葉を反復している
アフロディーテ《泡から生まれた女神》の愛と憧れ
信濃《阿智村》の星空　謎めくばかり

その絶望は喜びのもと
持ち出すことは決して出来ない
その頂点《剣ヶ峰》は雲に覆われ
抜け出すことは決して出来ない

なりやまず　（ことさらに面妖）

ことさらに分け合う希望の後退り
みえているそれでも躓く事ばかり

ぽろんぽろぽろ　なりやまず
ぽろんぽろぽろ　うるわしく
いいひとぶって　なりすます

ぐっとね
ずっとね

ぐっとね
あっとね

正直をうらやむ悪魔のせきばらい
調弦もできずに爪弾くアルペジオ

ころんころころ　なりやまず
ころんころころ　いつまでも
おなかがすいて　たまらない

ぐっとね
ずっとね

ぐっとね
あっとね

前世も来世もよしなにするがよい
渾沌に目鼻をあけたら死にいたる

そろりそろそろ　逃げたくて
そろりそろそろ　面妖に
ひとは真ん中に　いないのか

ぐっとね
ずっとね

ぽろんぽろぽろ　なりやまず
ぽろんぽろぽろ　うるわしく
いいひとぶって　なりすます

ぐっとね
ずっとね
ぐっとね
あっとね

モールメイラ（苦い）

苦い思い出
たくさんの裏切り
深煎りなんだよ
くちづけしよう

渇いた字幕に
突飛なキノコ
迷惑なんだよ
片付けしよう

いつまでつづくのか
愛してもいないのに
指に　目に　喉に
凍えてしまえ
ぼくのカラダで

モールメイラ
モールメイラ

孵化したことも
へましたことも
内緒だよ

黒いパンの甘さたるや

誤解するウイルス　不確定な形して
フェイクを増殖して　人情もない
エヌレッツザーモン
ピュッコ
ビキューーー
唸り　唸り　唸り続けて

——口琴がみちびくもの
——テルミンが運ぶもの
——ギターに揺れるもの

Balti Jaama Turg（バルト・ヤーマ・トゥルグの市場）の
Muhu Pagaridというベーカリーでエストニア風の黒パンを買い
タリン駅からタルトゥ行の朱色のElron（国有鉄道）に乗る
世界のコロナ禍に渡航したものの
エストニアでのコンサートはすべてキャンセルになった

黒いパンの甘さたるや
明日は機上の人となる

謎の呪文

謎の呪文を唱えて
恋の奇跡を祈るよ
昨日の夢に踵を返す
この身のつらさ
人の言葉を信じて
ゆれる心の幼さ
正午の視線　はすにかまえて
ニヒルに笑う
ふり返ることはない　くり返すこともない

あー今はもう

同じ大地に生まれて
夢と現の境界
赤く染まった恋の傷跡
鉄のカーテン
そんな意識のかけらに
たよる死体の数々
水をすする　土をなめる
それがフィロソフィー
ふり返ることはない　くり返すこともない
あー今はもう

ふり返ることはない　くり返すこともない
あー今はもう

こんな人

こんな人なの
敵がいる
逃げこむことなど
ない（のかな）

こんな人なの
道がない
悩める空にも
雲は切れ切れ

地球規模ほどの涙のしずく
青い空遠く映す
それはカナリアが歌を忘れて
海に浮かぶ日

どんな人なの
なにもない
怪しむことすら
ない（のかな）

どんな人なの
ふがいない

ときめくことから
明日は晴れ晴れ
明日は晴れ晴れ

こんな人
どんな人
こんな人
どんな人

水に流して

溢れてる　溢れてる
世界の意味のほころびに
くちびる寄せて　歩きたいな

身を焦がす　身を焦がす
未来の予感の当てのなさ
風に吹かれて　遊びたいな
あざやかに　あざやかに
風に吹かれて　遊びたいな

振り返る　振り返る
心に濁るよろめきは
水に流して　しまいたいな

あざやかに　あざやかに
水に流して　しまいたいな

溢れてる　溢れてる
世界の意味のほころびに
くちびる寄せて　歩きたいな

あざやかに　あざやかに

風に吹かれて　水に流して

名もないところに前進だ

名もないところに前進だ
みっともなくても発見だ
用件済んだら解散だ

似ていますか？
似ていません

興味深い実態が
その実態があやふやなんて

なんてなんてなんてすてき

だぶりもなまこまか
だぶりこまにゃこまにゃもにゃも

知のないところの沈黙だ
はったりも正式だ

条件組んだら
昇天だ

合ってますか？
合ってません

マグマの隣

震えて摑まえて
神経の路地で
暴走はいきなり
前提の破綻かかえて
ハンドルを渡した

くるめて従えて
関係のラインで
論争はねじくれ

安全のしおりみつめて
古傷にたずねた

マグマの隣
マグマの隣にいる

千代紙狂おしく
風呂敷を広げた
丹田はにぎわい
嘲笑の視点ゆらして
民族を焦がした
構造は溶け出し
状況の美貌麗し

作戦の行方空しく
バイオリン奏でた

マグマの隣
マグマの隣にいる

あっちの目こっちの目

タンスの上のエアポケット
こけしの顔のクワイエット
そこはかとないポエジー
おみやげってやつのエレジー

あっちを見てるこっちの目
こっちを見てるあっちの目
どっちも神経だってね
うたって砕けろってか

尖った都市のギアチェンジ
太った猫のマニフェスト
誰かが捨てたキューピー
ばかやろってことのセラピー

あっちを見てるこっちの目
こっちを見てるあっちの目
どっちも神経だってね
うたって砕けろってか

身体の中のミクロコスモス
感覚うといアウトプット

無理して出したエナジー
何だよってほどのポリシー

あっちを見てるこっちの目
こっちを見てるあっちの目
どっちも神経だってね
うたって砕けろってか

炎天下

炎天下でパラプレロン
ただそれだけに気の毒な
男に孤独はつきものさ
光の重さが気にかかる
よくあることさごめんなさい

炎天下で殺されたい
炎天下で騙されたい
炎天下で犯されたい

ただそれだけの自然さ

炎天下でパパパパパパパパパー

氷点下でパープリン
ただそれだけに気の毒な
男に孤独はつきものさ
条件反射だどうしよう
ペンギンさんもこんにちは

氷点下で殺されたい
氷点下で騙されたい
氷点下で犯されたい

ただそれだけの自然さ
氷点下でパパパパパパパパー

オアシスの夢

ぎらぎらと輝く
不機嫌な太陽
足
足
足を
ひきずって

ふらふらとよろめく
オアシスの夢が

水
水
水と
欲しがって

この胸の太陽がこの夢を焦がす

さらさらとこぼれる
砂の数かぞえて
首
首
首が
まわらない

この胸の太陽がこの夢を焦がす

ベトベト

思い上がった親切心で
さしのべた手のひらのベトベト
ふくれあがった財布のせいで
ふりかざす許せないベトベト
洗ってたおかげでめだっちゃってさぁ
たいへん　たいへん　たいへんはたくさん

見切り発車の愛国心で
なまぐさい日の丸のベトベト

悩みまくった小さな頭
やさしさにトゲのあるベトベト

かがんでたおかげで弱っちゃってさぁ
たいへん　たいへん　たいへんはたくさん

あれもこれー
どうしてこんなになったのか
どれもあれー
いきいきするのもいいじゃない

戦後教育破綻の跡に
やるせない学歴のベトベト

飼いならされた平和な心
へなちょこが身にしみるベトベト

学んでたおかげでまよっちゃってさ
たいへん　たいへん　たいへんはたくさん

あれもこれー
どうしてこんなになったのか
どれもあれー

いきいきするのもいいじゃない
ほんの小さな約束さえも
守れない政治家のベトベト
観音様にうかがいたてて
あやしげなしたり顔ベトベト

おどけてたおかげで
むにゃむにゃだみゃー

たいへん　たいへん　たいへんはたくさん

キメラ

美しく青き惑星のいまに
記憶するきみをこの目にも手にも

忌まわしき恋の悩ましき姿
人間はなぜに命を操る

何気なく飲み干した飲料水のなかにも
きみは生きていた
胃袋から血液へ

経済はあらゆる細胞を実験台にする
ライオンの頭　羊のからだ
動物の接木　現実の神話

吠えもせず生きるきみの名はキメラ
背中には羽が心には沼が

新しい現代の錬金術のはじまり
ぼくは注意する
人類から人類へ
警告は誰もが生活を理由に無視をした

美しく青き惑星のいまに
記憶するきみをこの目にも手にも

ドロドロ

とろけていくよ
もうドロドロの心臓
灼熱の夜　きみの魅力で
ぼくの姿はどこにもない
ない　ない　ない

何も見えないよ
もうドロドロの世界
たずねるのぼく　とても必死で

ぼくの姿をさがしている
いる　いる　いる

どこにもないよ
もうドロドロのカラダ
抱きしめてくれ　きみの両手で
ぼくの姿をつかんでどろ
ドロ　ドロ　ドロ

雨のミュージアム

エゴン・シーレのポーズをまねて
首を傾げた
疑問形の宇宙はくすんだ肌色
両手をぶざまに世界へ投げる
Qu'est-ce que l'essence de l'art?
La couleur appelée couleur semble terne
雨のミュージアム

ひとりよがりのアートを気取る
壁は冷たい
らせん形の思いはうつろなキャンバス
かかとをぶざまに大地へおろす
Warum will das Herz Ungewissheit?
Der Körper mag verzerrten Formen
雨のミュージアム

丁重なおもてなし

花柄のソファーで
テーブル越しのビジュアルから
アイドルが歌う在り来りの歌
ロックというスタイルで
ダンスがうまい
聞き取れない言葉で
舌だけがイングリッシュくるくる回る
すごいというほどハンサムではないが
スピリチュアルもソウルもほど遠い

お茶を呑みながらけなした

丁重なおもてなしをしよう
和菓子も用意しよう
ビジュアルを越えて　ここへどうぞ

リモコンのエラーで
ナーバスぎみのチャンネルへと
アルファ波を誘うやさしすぎる音
ムードとは紙一重で
理屈がうまい
まじめすぎる手法で
夢までもプロデュースいらいらさせる

緻密というほどマンネリなのである
アバンギャルドもシュールも欲しくなる
せんべいの音がうるさい

丁重なおもてなしをしよう
ＵＦＯも用意しよう
ビジュアルを越えて　ここへどうぞ

何にもない男

何にもない男
あるあるある
不思議じゃない程
いるいるいる

何処から何処まで
何から何まで
埋めても足しても
何にもない

何だかヘンな街
いくいくいく
きがきじゃない程
アハアハアハ

いつからいつまで
ナンやらカンやら
理性も火星も
何だかヘン

しらないね しらないね
そんな人そんな街

聞かないね　聞かないね
そんなコト　そんなトコ

何でもないこと
フムフムフム
実際問題
スースースー

常識お風呂でのんびりしなさい
父さん母さん
何でもない

オーロラ

氷がだんだん溶けていく
海にはモグラが浮かんでる
イルカが迷子になる夜に
サボテンの花が咲いていた
オーロラを見に行こう
光の襞を感じよう

信じているのか　いないのか
愛しているのか　いないのか

感じているのか　いないのか
見つめているのか　いないのか

ユーモアを加えよう
言葉の意味を嗅ぎ分けて

日差しもゆらゆら溶けていく
安全な場所はどこにもない

さかだちするなら猛烈に

決定するのは今しかない

オーロラを見に行こう
光の知恵を集めよう
オーロラを見に行こう
光の知恵を集めよう

そのつもり

つもりはつもらない
そのつもり

つれないつみのない
こいがたき

つぼみはつままない

しりつぼみ

つづきはつつがない
はなつづき

つかれはつきのない
おおどおり

つまりはつまらない
はなづまり

ついにはつのがない
かたつむり

アウトキャスト

嗚呼　身を焦がす　恋に破れても
ゆるやかな波をみつめ息を吐く
喜びさえアウトキャストなのか
ぼくはきみを信じ罪を犯したのさ

嗚呼　うつむけば　風は冷たくて
いつもと同じつらいメロドラマ

死に急げばアウトキャストなのか
ぼくはこぶし握る　膝を強く叩く

嗚呼　このままじゃ　何も変わらない
砂の足跡　誰を憎むのか
指先さえアウトキャストだから
ぼくはいまも叫ぶ声を限り叫ぶ
愛しているよ

アルタネイティブ・サン

Alternative Sun

こうして現在　太陽はひとつ
心のエーテル　こぼれてしまった
恋して危険な
アルタネイティブ・サン　アルタネイティブ・サン

いかれた呂律で　心臓はいくつ
恋のジレンマ　うつろに響く
恋して危険な

アルタネイティブ・サン　アルタネイティブ・サン

それから未来の　光が折れる
不滅の生命を　手に入れたかった
恋して危険な
アルタネイティブ・サン　アルタネイティブ・サン

何故かバーニング

光の速度を追いかける
恋はすばやい
ライオンみたいに吠えている
太陽に届かない

だけど
何故かバーニング
とてもバーニング
何故かバーニング

ぼくはバーニング
ムラムラ　モヤモヤ
ムラムラ　モヤモヤ

燃える心
錆びたからだ
横たえて
愛せない

夢の温度を感じてる
恋はひたむき

フロイト　フロムも読んでみる
リビドーはどこにいく

だけど
何故かバーニング
とてもバーニング
何故かバーニング
ぼくはバーニング

ムラムラ　モヤモヤ
ムラムラ　モヤモヤ

燃えるからだ

醒めたこころ
横たえて
愛せない

燃えて

日向ぽこ

白いベンチで日向ぽこ
孔雀の羽が美しい
冒険しないよね
筋肉鍛えても
どこまで眠ろうか
地球が冷えるまで？

壊れた恋の地団太に
地下のモグラが

誤解する
自由がきく人も
住むなら広い家
多くを語らずに
美化したエゴがある

のんびりしてる間に
消えてしまうよ
さよならも言えずに
夢から夢へ

明日もどこかで打ち合せ
無許可工事は許せない

どんより暗い雲
心の彼方まで
人間疑うよ
昼寝もこれっきりかい

のんびりしてる間に
消えてしまうよ
さよならも言えずに
夢から夢へ

惨めなパペット

まるで無邪気なパペットだ
なんて惨めな色だ
愛し合うのは罪だ
そこに道はない

身の程知らず狂っても
がんじがらめの風だ
演じきるのもいいが
誰も見ていない

あの日誓い合った
遠く　みつめて
流れる涙は
すべてを溶かす

濡れたコートのポケットの
中にくぐもる熱を
信じきるのは夢だ
風に消えてゆく

あの日誓い合った
遠く　みつめて

流れる涙は
すべてを溶かす

まるで無邪気なパペットだ
なんて惨めな色だ
愛し合うのは罪だ
そこに道はない

枝のツグミが歌を探している

石仏

花になるときは土を知り
鳥になるときは空に羽ばたく
風になるときは雲を退け
月になるときは海を操る
そこにいるだけの石仏
そこにあるだけの深い喜び

想いは怖れに
世界は鏡に

花になるときは土を知り
鳥になるときは空に羽ばたく

雨に打たれて苔むす

風になるときは雲を退け
月になるときは海を操る

そこにいるだけの石仏

そこにあるだけの深い喜び
両手合わせみつめてる
霧は晴れて澄みわたる

イルカは笑う

とんでもない
笑いが映る
ビクビクしている太平洋
溺れるエゴが　水の底
もがくお顔が　ツルン　ツルン
イルカは笑う
笑って煙る
わがままな恋だから

論理はロンリー
ダンスを踊る
メソメソしている　西の空
うかつな誤解が泥まみれ
もがくお尻が　ツルン　ツルン
イルカは笑う
笑って煙る
わがままな恋だから

不思議をみつめて

世界が秘密めくことがあるのは
光が運ぶ夢のせい
知識は断片を照らすのだけど
謎は謎へと誘う

ここがどこか知りたい

遠くでは君が
時間という概念に手を振って笑っている

確かにぼくは不思議をみつめている

世界をてのひらでかき回していた
視覚中枢霧の中
宇宙は錯乱のひとつ手前で
きみは小さな星になる

生きることの仕組みに
振り回されて
麻痺していた感覚に
きみだけが光っていた

確かにぼくは不思議をみつめている

目と目のネット

くちごもる背広
メールする女
耳と耳の携帯
目と目のネット

押しのける
電車は走る
くらいつく
どこまでいこう

あたまにチャック《fastener》がついている
（あけよう）
こころにアンカー《anchor》ついている
（あげよう）

馬鹿すぎる若者
くどすぎる老人
なってない中年
あきれた子ども

あくびする

鈍感になる
あしたこそ
のびのびいこう

口にもチャックがついている
（あけよう）
こころにセンサーついている
（悩もう）

残念は並み並みならぬ
波しぶき箱詰めにする
転んでも快感になる
人間は恐ろしすぎる

あたまにチャックがついている
（あけよう）
こころにアンカーついている
（あげよう）
口にもチャックがついている
（あけよう）
こころにセンサーついている
（悩もう）

充電野郎

チャージする
この期に及んで

インディアンが訪れる

アメリカの空気瓶詰めにして
運んだ友達死んだけど
メチャクチャいい奴
メチャクチャに
だからだから　きっときっと
インディアンが訪れる

アメリカのテレビ遥かな西部

こどものこころで憧れて
メチャクチャいい奴
メチャクチャだ
だからだから　きっときっと
インディアンが訪れる

アメリカを吸って楽しい気分
金銀財宝夢じゃない
メチャクチャいい奴
ありがとう
だからだから　きっときっと
インディアンが訪れる

アカチャカピー
アカチャカピー
アカチャカパラパラプロプロピー

喉歌の故郷にて

青い草原を跨いで
えにし繋ぐ嘶き
淡い樹液《アラガー》そそいで
笑みを交わす踝《つぶなき》
ホーメイ《Хөөмей》　スグット《Сыгыт》　カルグラー《Каргыраа》
ぼくには歌えるだろうか？
若い血潮は揺らいで

声は強く輝く
深い樹林《タイガ》懐いて
風はいまもざわめく

ホーメイ《Хөөмей》　スグット《Сыгыт》　カルグラー《Каргыраа》
サヤン山脈を越え　エニセイ川を下り
富士の麓まで届け

若い血潮に跨がり
声は強く輝く
深い樹林《タイガ》懐いて
風はいまもざわめく

くたびれた靴の軌道

かかとが片方くたびれた靴で
みつめていた
みつめていたきみのこと
まっすぐみえるよくみえる

歩みはいくらか頼りないけれど
噛みしめている
噛みしめている砂利の音

たっぷり歩く大丈夫

かかとが片方くたびれた靴はつかれやすい
つかれやすい風の町
はっきり揺れるよく揺れる

瞳に太陽こびりついている
そばにいるはず
そばにいるはずきみはまだ
まっすぐみている
はずだから

かかとが片方くたびれた靴で
みつめていた
みつめていた
きみのこと
まっすぐみえる
はずなのに

いつしか夏の骨となる

きみはみちを訊ねた
ぼくは遠くみつめた
無限の行方
いつしか夏の骨となる
すべては土に還りゆく

わかりあえたことさえ
にぎりしめたときには
とかげのしっぽ

いつしか夏の骨となる
鳥がついばむ夢のあと

壊れかけた地球に壊れかけた人間
なにをしようか

きみの夢を聞くたびぼくの腕はからまる
届かぬ言葉
いつしか夏の骨となる
すべては土に還りゆく

使いすぎた魔法で繋ぐことは出来ない
使いすぎた魔法で繋ぐことは出来ない

世界のかけら

色彩はいにしえ

あやしさは秋のゆらぎ
彼方からまた彼方から
青空を飛び越えて降りてくる
色彩はいにしえに変わりゆく
恋人たちはひと休み
いつものようにうろたえて
夢より深い道をゆく

その道は潮の香り
忘れてもまた忘れても
太陽の裏側を思い出す
色彩はいにしえに変わりゆく
コオロギたちもみたけれど
いつものように歌いだし
夢より深い道をゆく

色彩はいにしえに変わりゆく
恋人たちはそれぞれに
彼方の方へ歩きだす
夢より深い道のなか

なるほど

このほど
つきささったまま
よりかかって
みのほどしらずの
げんこつを
はこんだ
わけもなく
なるほど　なるほど　なるほど
なるほど　ほどもなく

それでは
もえあがったまま
かんじあって
ひらがなまかせの
とうとつを
みつめた
きみがなく
なるほど
なるほど　ほどもなく

ここでは
みちがえったように

つきすすんで
ほしさえけちらし
しんざんを
あじわう
よるがなく
なるほど
なるほど　ほどもなく

愛せないよ、そんなんじゃ

疑い
炙りだし
安心
振りかけて
曇天
仰いでいる

ありていの
余計な気の回しで

人生を丸め込んで
くさいほど
惨めな演技力で
幸せをくすねるだけ

答えはいつも
笑いの絵文字
愛せないよ
そんなんじゃ

根本
ゆらいでいる
関心

そそいでいる
全身
さわいでいる

にがいほど
巧みな歯の力で
常識を噛みちぎって
痛いほど
迂闊な目の力で
暗闇を照らしきって

答えはいつも
了解の二文字

愛せないよ
そんなんじゃ

夢植物

曖昧模糊　曖昧模糊
合い感じる　合い感じる
その束の間　その辻褄
無我夢中　わが宇宙
求愛する　傍観する
心配する　交配する
紆余曲折　そのにぎやか
有象無象　諸行無常

あの日あの時きみのからだに
宿ったものは夢の植物

誘惑する　誘惑する
脳髄まで　脳髄まで
夢植物　その法悦
理念理想　愚問愚答
親愛なる　観念から
偶然にも　蔓延する
花言葉は　無の喜び
五里霧中　諸行無常

霊は導く脳波は揺れる

思考操る夢の植物
闇に咲く花因果を握る
誰が引き抜く夢の植物

匂い

奇妙な匂いに傷ついた
甘い匂いに満たされた
頭をむしる　靴ならす
日々是好日とテロルの匂い
過剰な空気に苦しんだ
不足な心に戸惑った
頭をむしる　靴ならす
日々是好日とテロルの匂い
クンクンクン

ここほれワンワンワン
クンクンクン
ここほれワンワンワン
奇妙な匂いに傷ついた
甘い匂いに満たされた
頭をむしる　靴ならす
日々是好日とテロルの匂い
過剰な空気に苦しんだ
不足な心に戸惑った
頭をむしる　靴ならす
日々是好日とテロルの匂い
クンクンクン
ここほれワンワンワン

クンクンクン
ここほれワンワンワン
クンクンクン
ここほれワンワンワン
クンクンクン
ここほれワンワンワン

パイク

水をゆくひとつのパイク
（陸をゆくのはふたつのパイク）
不快深いはるかなパイク
（太り始めた静かなパイク）
波をよぶのは秘密のパイク

（土に埋もれた秘密のパイク）

泡と浮く空気にパイク

（泳いでゆけないもどかしさ）

スイカの行進

のっそり　ぎっしり　水びたし
運びこんだの
スイカの行進

うっとり　ぴくぴく　うごきだす
忍び込んだの
スイカの行進

ぼんやり　居眠り　夏の中
幸せそうだね
スイカの行進

ニョキニョキ生えてきた

ニョキニョキ生えてきた　あの日の思い出が
是非問う事もなく　キノコの形して

わくわくするのに　こくこくすぎてゆく
オロオロするのは　ちょっと待って　君か？

歴史の必然　世界の偶然
ひび割れているのは　それなりなのか

えっと　ねっと　きっと　せっと　じっと　れっと　ぐっと　なった
お腹が空いても　空気が変でも
仕事がなくても

最寄りの駅からは　近くて遠いところ
勇気はないけれど　狼煙をあげてみた

あくせくしないで　びくびくしないで
ちくちくするのは　ひょっとして　君か？

政治は一面　文化は覆面
社会の一部は　聞き捨て　ならぬ

えっと　ねっときっと　せっと　じっと　れっと　ぐっと　なった
お腹が空いても　空気が変でも
家族がなくても
ニョキニョキ生えてきた

見えていることの外　感じることの上
密かに気がついて　呼吸を整えた

わくわくするのに　こくこくすぎてく
オロオロするのは　ちょっと待って　君か？

天使の手がかり　悪魔の足跡

カタチはヒトでも　真夜中　すぎる
えっと　ねっと　きっと　せっと
じっと　れっと　ぐっと　なった
お腹が空いても　空気が変でも　自分を信じて
ニョキニョキ生えてきた

あとがき

とびきりのバカは、ねえ、ずっと高いところを飛んでるよね。
モルゲンシュテルン『絞首台の歌』29頁

東海道線の下り湯河原辺りでよく会った、ドイツ文学者の種村季弘さんが、モルゲンシュテルン『絞首台の歌』（書肆山田）を翻訳している。その中の註に、アルノー・ホルツの『ブリキの鍛冶屋』よりがあり、「とびきりのバカに」というとびきりの詩が載っていた。

詩というものは心に羽を授けてくれる。その飛翔は思想を越えてどこまでも上昇する楽しさがある。

ぼくが詩を書き始めたのは、小学生からだと思う。とても詩作のうまい友だちがいて、彼に憧れていた。

中学生になり、ギターを覚え、歌をうたうようになった。特にハル・デビッドとバート・バカラックのコンビの歌が大好きだったが、英語がうまく発音できず、でたらめの言葉でうたっていた。

高校に入り、寺山修司に傾倒し、詩や劇を作り、歌もつくるようになった。大学に行かず、劇団に入り、ニューヨークとロンドンで半年間ステージに立ったことは、ぼくをとびきりのバカに導いた。

ロンドンで参加した演劇は、意味のないでたらめの言葉（ジブリッシュ）で構成されていて、これは得意中の得意になった。

その後、でたらめな言葉が、フーゴー・バルやクルト・シュビッターズの音声詩に繋がることを知った。そしてモルゲンシュテルンの詩「大ラウラー」がその先達であることも。

吉田一穂や西脇順三郎を読むようになり、晦渋を好みながら、意味のない声を鍛えてきた。

詩人は独自の反射神経で意味と意味と意味を反復横飛びする。

声による即興もまた本来うごかぬ筋肉を振動させジャンプさせる。

ぼくにとってふたつめの詩集は、前作『至高の妄想』の続きといっていい。なので、原稿を書肆山田の大泉史世さんに送ってあった。大泉さんは、たったひとりで千点以上の詩集を編集、デザインをしてきた目利き中の目利きで、ぼくはまた恩恵にあずかろうとしていた。

彼女が闘病中であることは知っていたが、ぼくの詩集に取り掛かろうとした矢先に容体が急変したと、鈴木一民さんからきいた。

そんなわけで宙に浮いた詩をどこに運べばいいのか。

迷いに迷い、前作同様、歌人の石井辰彦さんに相談した。そして、左右社を紹介していただいた。地図を持ちながら、石井さんと原宿から千駄ケ谷への道に迷い、階段を下りて、活気ある編集部に着いた。

代表の小柳学さんとは、実は面識があり、仕事もしたことがあったことを、到着して思い出した。

話も弾み、あっという間に、左右社から出版することが決まったのでほっとした。なにしろ道に迷いやすく、高いところを飛ぼうとするような人間である。

筒井菜央さんが担当になり、ブックデザインは松田行正さんと杉本聖士さんにお願いしたので、安心だろう。

巻上公一

巻上公一

熱海生れ

詩人、

音楽家、

ヒカシューのリーダー

写真　池田まさあき

巻上公一詩集　濃厚な虹を跨ぐ

二〇二三年四月二十六日　第一刷発行

著　者　巻上公一
装　幀　松田行正＋杉本聖士
発行者　小柳学
発行所　株式会社左右社
東京都渋谷区千駄ヶ谷三丁目五五－一二ヴィラパルテノンB1
TEL　〇三－五七八六－六〇三〇
FAX　〇三－五七八六－六〇三二
https://www.sayusha.com
印刷所　創栄図書印刷株式会社

 ISBN978-4-86528-368-6